文芸社セレクション

死後離婚それから

北川　千鶴子

KITAGAWA Chizuko

文芸社

目次

死後離婚宣告

園子は故夫、田代光男の一周忌法要に雪の降る中を二人の子ども、ゆり子と輝夫を連れ久し振りに田代家へ行った。

祭壇のユリの花に囲まれた遺影写真の前に、光男が生前好きだった赤ワインやビールを供え、義父母と義妹の光子さんとの身内だけでの法要を滞りなく終えた。

「さぁさぁ、ゆりちゃんも輝ちゃんもこっちへ来て。」

義母はハンカチで涙を拭うと、お清めのテーブルへ子供たちを手招いた。テーブルの中央に置かれた焼きたての玉子焼きから、スイーツのような臭いが、ふぁーと漂っている。

「パパの大好きだった玉子焼きよ。召し上がれ。」

遺影写真を見て薄く笑みを浮かべた園子は、一つ小さく息を吐くと、孫に玉子焼きを勧めている義母に寄り添った。

「光男さん、いつも言ってましたわ。お母さんの玉子焼きは最高だ、ってね。」

「あら、あら、私には、園子の玉子焼きは天下一品だ、と自慢してたわよ。」

義母と園子は顔を見合わせ笑った。義母はゆり子の皿に玉子焼きを取り分けると満足げにゆり子を見た。

「ゆり子ちゃんも高校生になって、グーンと大人ぽくなって。将来の夢は？何になりたいの？」

「うーん。できれば小学校の先生になりたいの。」

「そう。じゃぁ、大学へ進学して教員免許を取らないとね。」

「いろいろと費用も嵩むし、ママ、これまで以上にがんばって働くわよ。それでも……。」

「園子さん、我が家の孫ですもの。ジジとババは楽しみにして後押しするわよ。ドーンと任せて、ね。」

園子の話の途中にもかかわらず、義母は園子の手をそっと両手で包み込むと喋り出した。

「えっ、お母さん、ありがとうございます。」

園子は、義母の手を握り返して喜んだ。

「輝夫ちゃんは、だんだん光男に似てカッコ良くなってきたわね。」

義母の言葉に口数の少ない義父が、すかさず答えた。

「そうだなぁ。光男がこんな頃はオレの若い頃にそっくりだ、とよく言われたよ。」

「えっ？　はぁ？　それもしかして、オレ、ジジに似ているということかぁー。」

空気が抜けるような輝夫の話し方に、皆ふき出した。

ふんわりとした温かな時間が流れた。

「皆、上着脱いでいるよ。園子さんも、もうブレザー脱いで楽にして。」

義母は、ブレザーを着たまま嫁として湯のみ茶碗を流ったり、お湯を沸かしたりしている園子の背に向かって、優しく声を掛けた。

「はい。お母さん、ありがとうございます。」

園子は穏やかに言葉を返したが、決して身を包み込めるブレザーを脱がなかった。

この時、園子はお腹に子を身籠っていた。

膨らみかけたお腹をひっこめ、妊娠を隠し通し、夕方、全てが終わると間髪を入れず車に乗り込んだ。園子はハンドルを握りエンジン音を聞くと、うまく切り抜ける事ができたことに、ほっと息を吐きアクセルを踏んだ。

一周忌法要が無事に終わり、日増しに下腹はムクムクと突き出てきて、スカートのファスナーが、とうとう上がらなくなってきた。園子は妊婦服に着替えると、姿見鏡の前に立った。お腹は全体的にフックラとして、誰が見ても一目で妊婦と分かる独特な体形になっている。

(この狭い町だから、噂はまたたく間に広がり、義父母そして光子さんの耳にも入ることは間違いない。そうなる前に、自分から妊娠していることを告げよう。)

ゆったりとした妊婦服を身に纏った園子は、電話の前に座っていた。プッシュボタンを押そうとしたが園子の胸のうちに、単身赴任していた光男が心臓麻痺で急死した、と勤務先から連絡を受けた日からのことが、ありありと蘇ってきた。

　突然の出来事に、あの日から園子は心のエナジーを失い、あらゆることがヨレヨレになった。納骨の墓石の準備も寺の住職や義父母の助けを借りて、ようやく間に合わせるしまつだった。春になり、ゆり子の高校と輝夫の中学校のW入学の準備費は、義父母から戴いた多額の御祝金のおかげで、どうにかやりくりできた。桜が散り始めた暖かな日、光男と二人でデザインを考案した建設中のマイホームが完成した。だが当初のローンの計画は崩れ、支払いに光男の生命保険金をあてた。それでもなお自分の力では返済できそうにない残金があり途方に暮れていると、義父が何も言わずに全額支払ってくれた。あれもこれも全て田代家の豊かな財力と優しい義父母のおかげだと感謝をして、これに報いねばと心を奮い立たせ仕事に出た。二人の子どもも立派に育て上げようと、一生懸命にがんばっていた。なのに、ふんわりとした流れに嵌まり込み、身籠ってしまった。

　園子は深い溜め息をついた。プッシュボタンに乗せた指先はこわばり重く、頭の中を何回も田代家の電話番号が駆け巡っている。外は日が落ち始め細く開けた障子戸からは夕日がしんみりと差し込んできている。時計を見ると電話機の前に座って、もう一時間も経っていることに驚いた。再びプッシュボタンに指をかけ、深く息を吸い一瞬止めるとその指に力を入れた。受話器からコール音が流れだす。誰が電話に出るだろう。できれば年齢の近い光子さんであってほしい。

「もし、もし、田代でございます。」

期待は外れ、義母の物静かな声が流れてきた。

「もしもし、園子です。先日からありがとうございました。おかあさん、お疲れが出たんじゃないかと心配しております。」

園子は、いつもにまして丁寧に話した。

「まぁ、園子さん、心配してくれてありがとうね。園子さんこそ大丈夫かしら？　この一年、次々と大変だったでしょ。身体に気を付けて、ゆり子ちゃんと輝夫ちゃんをお願いしますね。」

「え、えぇ、あのぉ、おかぁさん、私……。」

園子は妊娠の二文字を言おうとしたが、喉にこみ上がるものがあり声になららない。

「今、おとうさんに代わるわね。」

園子の受話器を持つ手は汗ばみ、喉がカラカラに渇いてきた。

「もしもし、園子さんかね。」

太く嗄れた義父の声が、園子の耳の鼓膜を震わせた。

「……はい、おとうさん、先日から大変お世話になり、ありがとうございました。……あの……。」

園子は小さく咳払いをした。

「あの……実は……。」

「う、どうした。何かあったのか？」

心配して尋ねているのは、おそらくゆり子と輝夫のことだと思うと益々言い出しにくく、目を瞑った。受話器を持ち替え一つ唾を飲み込むと、どうにか今にも消え入りそうな声が、喉の奥から漏れ出た。

「あの……私……ニ、ンシンしたようで。」

「はぁ？　ニン……シン？」

義父は、驚いているとか怒っている、と言うよりも、ただオウム返しのように聞き返してきた。

「え……ええ、はい。」

「……。」

短い沈黙の後、プープーと規則正しい機械音が園子の耳に流れ込んできた。園子は妊娠をなんとか告げることができたことに、ほっとして受話器を置くと、手の力が抜け全身のエネルギーを消耗したように、ぐったりとベッドに横たわった。長い息を吐くと目を閉じ、まもなくスーと引き込まれるように深い眠りに落ちていった。


カーテンの隙間から差し込むベールのような優しい朝陽を浴び、園子は目覚めた。ゆり子も輝夫も日曜とあって、まだ寝ているのか部屋から出てこない。園子が顔を洗いようやく朝食の準備にとりかかろうとしていると、慌ただしく電話のベルが鳴った。

「もしもし、田代です。」

「園子さんか。」

園子は受話器から聞こえる太く嗄れた声から義父であることは、すぐに分かった。昨日とは違い、短刀を突きつけるような口調に何を言おうとしているのか、おおよその見当がついた。園子は思わず手の平をそっとお腹にあてると、上擦ろうとする声を抑え、小さく息を吐き呼吸を整えた。

「はい、園子です。おとうさん、おはようございます。」

挨拶が返ってくることはなく、強く吹き付ける溜息が受話器に打ちつけられた。

「園子さん、お腹の子に田代を名乗らせるな。それから、おとうさんと呼ばれたくはない。今後、そちらと田代家との縁を一切、切る。死後離婚だ。」

「ガシャン。」

受話器を叩き落とす音が、園子の耳をつんざいた。心のどこかで覚悟はしていたが、ここまであからさまに言われると、思考は停止してしまうもののようだ。受話器を手にしたまま立ちすくんだ園子の頭の中を、（死後離婚）と言う言葉だけが駆け巡った。

淀み　1

石井哲也。

今、園子のお腹に宿している子の父親の名前だ。

園子が哲也に出会ったのは、スーパーのお惣菜コーナーだった。

「よっ、園子じゃないか。」

ふいに背後から声をかけられた。振り向くと、弁当を手にしたジャージ姿の哲也がいた。

哲也とは、五年前に開かれた高校の同総会で会ったきりだった。園子は特に気にしていなかったが、クラスメートの中には哲也のことを、関東の大学を卒業後、東京の建材会社の社長の一人娘と（できちゃった婚）をした調子の良いやつ、とジェラシー混じりで話している者もいた。

「あら、久し振りねぇ。今日は、有休とって帰郷？」

「いや、オレ、今、この近くに住んでいるんだ。」

「はぁ？」

「離婚したのさ。うん、会社に居辛くなったのもあるけど。まぁ、こっちへ帰ってきて心機一転だな。」

　園子は内心驚いた。いずれ社長になる立場なのに、世渡り上手な哲也に何があったのだろう。離婚は二人の問題で珍しくはない時代だが、確か子どもがいたはずだ。俗世間のおばさんのように突っ込んで聞けないが、それでも興味もあり、園子もさりげなく尋ねてみたくなった。

「いつ、こっちへ越してきたの？」

「うーん、もう二年ぐらい前になるかな。仕事は向こうにいた時と同じ建材関係のオーエヌ社でやっているよ。」

「あら、オーエヌ社。義妹は、その下請けのＢＳＳ社で営業をしているわ。」

「ふーん。そうなのかぁ。まぁ、いろいろあったけど、結局、オレはこっちへ帰って来たのさ。清々したよ。スッキリ、サッパリだね。」

　哲也の様子から相当いろいろとあったようだが、園子は哲也の顔を覗き込んで尋ねた。

「子どもは？」

哲也は足元に目を落とした。

「うん、……向こうに置いてきたよ。しょうがないよ。」

胸のポケットから何かをしっかり握り取り出すと、園子の目の前でゆっくりその指を開いた。手の平に、笑窪を浮かべた女の子の写真入りキーホルダーがあった。

「木絵って言うんだ。どうしているかなぁ。会いたいなぁ。」

少し俯き、ぎゅっとそのキーホルダーを握り締め、再び胸の内ポケットに仕舞い込んだ。

「園子、この近く？」

「え、えぇ、まぁ、近くだけど。いつもは、向こう側のスーパーを利用しているの。今日は仕事も休みだし、ここまで運動も兼ねて歩いて買物に来たのよ。」

「あぁ、そうかぁ。実はオレも基本、月曜日が定休日なんだよ。」

帰り道も同じ方向だったこともあり懐かしくて、つい話し込んでしまった。

園子は県外に単身赴任していた夫が急死したことで心が折れ、納骨の準備や子どもの入学費用から新築したマイホームの支払いまで、義父母に援助してもらったことなどを、ありのままに何もかも話した。話しているうちに徐々に心が軽くなり、不思議なほど哲也に親近感を抱いていた。

　哲也のアパートの前まで来ても、まだ二人の話は尽きなかった。

「せっかく会えたんだ。コーヒーでも飲みながら、もう少し話したいなぁ。よかったら来いよ。」

　哲也は園子の手から買物袋をサッともぎ取ると、一人でエレベーターに向かってツカツカと歩きだした。

　男の部屋に入るということは、コーヒーだけで終わらないかもしれない。そんな思いが心をかすめた。

「えっ、ちょっと……。」

　園子は哲也の背中に向かって、小さく抵抗をした。

「こいよ。」

　哲也は振り向きざまにさり気なく言うと、エレベーターのボタンを押した。

（同級生だから、大丈夫かも。）

腕時計を見ると、まだ正午を回ったところだ。ゆり子と輝夫の帰宅までには、たっぷりと時間がある。園子の足がエレベーターの前へ歩み出た。

エレベーターのドアが開いた。

男の部屋のわりには、こざっぱりと片付いている、というか家具があまりない。窓際にベッド、その横にソファーと小さなテーブルがある。ソファーの向かい側には、質素な家具のわりに大きな画面のテレビが置かれているだけだった。

もっと話がしたくて部屋へ入ったが、ドアをバタリと閉めると園子は、微動だにしない架空な空気に包まれ、日々のあらゆる雑念から解放されたような気がした。

哲也が入れてくれた熱いコーヒーをゆっくりと啜った園子は、ポーと身体が温まり生きていく為の引き締まっていた緊張感がほぐれ、あらゆる神経が弛緩して、しっとりとした時の流れに溶け込んでいった。

園子が瞼を軽く閉じ半開きの口から（ふー）と息を漏らした時、口唇に生温かな肉片を感じた。

園子の「あっ。」という小さな声を哲也の口唇が塞いでしまう。園子は、ほんの少し抵抗をしてみせた。哲也の腕が肩に回り力強く引き寄せられる。

光男を失ってから母子家庭の大黒柱として心の糸は何時も張り詰めていた。その糸を断ち切りたいと思ったことは、一度もない。むしろ、ゆり子や輝夫の為にがんばろうと自分に言い聞かせ、心の糧にしてきた。けれども血の通う男の身体に包まれていると、その糸が緩み溶けていく。

心のどこかで、このままどこまでも落ちようと構わないと思った。その瞬間、哲也にされるがままになっていく自分を止めることができなくなっていた。


ベッドの中でも哲也は優しかった。

哲也の厚い口唇が園子の口唇を吸い、大きな手の平は乳房を優しく包み込んだ。指先がさざ波のように動くと、園子の口からは堪えることができず切ない声が零れでた。

園子は哲也と一つになった。

しかし哲也との熱い交接の最中も園子の脳裏には、膨らみきった神経の先端同士が揺れ触れ合っている接点にまで、光男がオーバーラップした。哲也の呼吸がしだいに荒くなり、やがて絞り出すように熱い息を園子の項に吐いた。全ての行為の後、下腹部からの臭いが哲也の胸に顔を埋める園子の鼻をついた。

（みつお）思わず声が零れそうになり、園子は口唇をきつく結んだ。

園子は光男と過ごした全てのことが、今も肉体の隅々に染みつき生々しく生き続けていることに、初めて気付いた。カタルシスに包み込まれベッドに横たわったままの哲也を横目に、下着に手を伸ばし、それを強く握り締めた園子は、憤りのない疲れを感じ後めたい思いに沈みこんだ。

ソファーに深く腰をおろし肩を落とす園子に、ベッドに横たわったままの哲也が声を掛けた。

「おいで、こっちへ。」

「いえ、帰るわ。子どもが待っているから。」

園子はスーパーで購入した夕食の食材の入った買物袋を素早く両手に摑むと、玄関ドアを押し開けた。

アパートを一歩出ると、大通りをスモールライトを点けて犇めくように車が行き交っている。向かい側の歩道に仕事を終えたサラリーマン達が、小料理屋ののれんを潜ろうとしているのが見える。園子の目の前を、疲れた顔の女が買物袋を手に足早に通り過ぎていくと、その脇を、部活を終え帰宅する学生達も駆けて行った。園子もその慌ただしい流れに混じると、町の明かりの中を自宅に向かってスタスタと突き進みだした。今夜、輝夫の要望で大きめのカツを二枚乗せたカレーを作る約束があること。明日は週の仕事初めで早めに出勤しなければいけないこと。既に園子の心は、日常生活の歯車に確りと噛み合っていた。

園子は後ろ暗い思いで、自分から哲也に連絡することを拒んだ。だが、週末が近づくと心のどこかで哲也からのメールを密かに待っていた。

メールが入ったのは、ちょうど正午だった。

(園子、どうしている？　この間話していたラモレのビデオを借りてきたよ。園子に観せたいと思って。コーヒー飲みながら二人でゆっくり観たいな。今度の月曜日、どうかな?)

園子は、返信することをためらった。

脳の奥深くから再び哲也のアパートへ行ってはいけない、という思いが湧いてくる。それなのに、張り詰めた日常から解放されたい、と身体のどこからともなく浮き立つものがあり気付くといつもよりいそいそと仕事や家事をこなしている自分がいた。そんな自分を罪深い人間と思いながらも、夜になると、メールを打ち返す園子の指は、弾んだ。

(ラモレのビデオは以前から観たいと思っていたの。ありがとう。お礼に新玉ねぎでグラタンご馳走するわ。)

メールを送信すると、ゆっくりと温めの湯船に首まで浸った。

身体が温まるにつれて、あんなメールを返信したことが悔やまれてきた。風呂から上がり鏡の中の自分にぼんやりと見入った。乳房に手の平を乗せそっと握ると、身体の奥底から熱いものが込み上がってくる。園子は目を瞑り、湿りきった息を一つ吐いた。

休み明けの朝、子ども達は園子の作った弁当を持って、いつもの時間に学校へ行った。

今朝、どうしたのか、ゆり子の皿にパンが残っている。園子はテーブルに肘をつき頬杖をすると、それをジーと見ていた。

急用が入った。……体調が優れない。それとも……

いつの間にか哲也にうまく断る言い訳が、園子の頭の中で渦巻いている。

園子の全身に不安定な気だるい欲望が蠢いているが、まだ僅かに残るゆり子と輝夫への母性愛が、それを引き止めているようだ。

園子は大きな息をつきテーブルに顔を突っ伏した。

(時として、誰しもストレスから解放され、自由で龍宮城にいるような気分になりたいと思うことが、きっとあるだろう。心を癒し、又そこから立ち上がり、現実と向き合い生きていく。それが生身の人間だと思う。)

うなだれ考え込んでいた園子は、一つ大きく息を吐くとスクリと立ち上がった。

園子はスーパーで購入したグラタンの材料を手に、哲也のアパートの玄関前に立っていた。

しばらくチャイムにあてた指先を見ていたが、小さく息を吐くと、その指に力を入れた。

「いらっしゃい。」

ドアを開けた哲也の背後から漂ってくるコーヒーの香りに園子は包まれ、吸い寄せられるように足を踏み入れた。テーブルの上のコーヒーサーバーには、なみなみとコーヒーが作られ、コーヒーカップが二個並べられている。

「待ってたよ。」

哲也は園子の手荷物を持つと、奥へ優しく招き入れた。

(大丈夫。子ども達の帰宅する前に帰れば、いつも通りだ。)

園子の身体のどこからか呟きが聞こえる。園子の頬が少し緩んだ。

「ありがとう。じゃ、大急ぎでグラタン作るから、待っててね。」

「いただきまーす。」

どちらからともなく声を揃えて言うと、顔を見合わせ思わず笑みがこぼれた。

「園子のグラタン、美味しいなぁ。心も身体もポッカポカしてきた。」

哲也の笑顔は、園子のカサついた心を潤した。食後、コーヒーを飲みながらビデオを観た。哲也が言った通り、とても素敵な映画で主人公ジムジと彼女が再会するラストシーンは泣けてきて、哲也にもたれかかると、肩に腕を回し耳元に頬ずりをしてくれた。

哲也の手の平が優しく髪を撫でる。

瞼を閉じると、こうやって光男の腕に抱かれたまま迎えた朝が思い出される。園子は、これ以上でもこれ以下でもない。ずーっと、このままでありたいと思った。


シューとビデオテープが巻き戻る。

哲也の口唇は、ゆるやかに園子の口唇に重なる。園子は、又ベッドの中に哲也と入り全てのことが終わっていた。

夏に向け街路樹の緑が光りだし、人々が遠慮なく薄着になってきた。

美容院は思いっきりショートヘアにしたり色濃く染めてみたり、イメージチェンジを図る客が多く忙しくなってきた。

園子は仕事を終えると食べ盛りのゆり子と輝夫の待つ我が家へ、買物袋いっぱいの食材を両手にぶら下げ向かった。

母子家庭の大黒柱として生きていく為に仕事と家事は当然のこととはいえ、四十代に入ってからは翌日に疲れも残るようになっていた。

夜、立ち仕事で浮腫んだ足を撫でた。園子の頬をわけもなく涙が伝う。

明かりもつけず部屋で園子は独り、言いようのない切なさに沈んでいた。

そばにいて欲しい。

話がしたい。

園子は携帯電話を握りしめ、哲也の短縮ボタンを押した。

「もしもし。」

哲也の弾んだ声が聞こえた。

「私、園子、夜遅く、ごめんなさい。」

「いいよ。オレも園子の声聞きたいと思っていたところだよ。」

「今度の月曜日も又、アパートへ行っても良い？」

「ああ、いいよ。いつもの時間に待っているよ。今度はオレがミートスパゲティをごちそうするよ。」

「うれしいわ。哲也の好きなポポロ店の生パスタと赤ワインも買っていくわ。」

「了解だよ。」

園子は携帯電話を切ったその指を、生気のない目で見つめていた。


「会いにきてくれてありがとう。」

「会えて嬉しいわ。」
（カチッ）
園子と哲也は、ワインで赤く染まったグラスを合わせた。

ぽーっと身体が温まりふわりと微睡みに沈んだ園子は、ほんのり頬を染めた光男が浮かんで見え、ハッと目を見開き、スパゲッティを口に押し込んだ。

哲也の作ったミートスパゲッティは自慢するだけの味になっていた。

「おいしい。物凄くおいしい。」

「じゃ、オレのスパゲッティも、少し分けてあげるよ。」

哲也はフォークをスパゲッティにさすと、ぐるぐるとバレリーナのように皿の上で回転させソースを絡めてくれた。

お腹が満たされると又、園子の身体は哲也の腕の中にあった。

肩を落とし俯く園子の背後から伸びた哲也の手のひらは、両胸からお腹へ、そしてその下へと滑り落ちた。

哲也のアパートを一歩踏み出ると、園子の胸を後悔の念が鋭利な刃物となって刺してくる。

もうこのだらしない生活から抜け出そう。二度とここへは足を運ばないでおこう。しかし誰に遠慮することもなく、日常の張り詰めた全てのことから解放される別世界のような空間にのめり込んでいく自分を止めることができず、休日には又、会いに行く約束をしてしまう。園子は、自分が底なし沼に落ちていく麻薬患者に成り果てたように思えてきた。

淀み　2

　哲也とふしだらな関係が続いていたある休み明けの朝、どうにも体調が悪く、勤務先である美容院へ開店三分前にようやく出勤した。

「遅いわよ。どうしたのその顔。マスクして。」

　小さいながらも自分で立ち上げた美容院を切り盛りする咲子は、園子の二歳年上で何でも相談できる頼もしい姉のような存在で、哲也のことも話していた。

「ごめんなさい。数日前から体調が少し悪かったのだけど、今朝はもう最悪。早く来ようと思うけど、吐き気は強いし全身怠くて。化粧もしたくないの。」

「熱は?」

「熱はないのよ。四十三歳だから少し早いけど、そろそろ更年期障害かと思ってるの。」

「そうねぇ。更年期障害ってことあるよね。でも、どうなの?　ひょっとして。」

「えっ、どうなのって……まさか。ありえないでしょ、四十三歳よ。ただ……妊娠しないと思っていたから、避妊はしていなかったけど。」

「それ、ちょっとヤバくない？　生理ある？」

「先月は……なかった……今月もまだだけど、もうそろそろ上がる年齢だから。あったりなかったりだろうから。」

「どうかなぁ。検査キットで調べたほうが良いかもよ。あっ、いらっしゃいませ。」

　予約のお客が二人続けざまに入ってきた。シャンプーを頼まれたが、シャンプーの香りが何時になく鼻を突いてくる。どうにかシャンプーを終えドライヤーをかけだすと、今度は熱風で吐き気が益々強くなった。朝食も摂ってないせいか身体がダルく重い。午後一時を過ぎて午前の予約のお客が、ようやく一区切りついた。何か口に入れないと身体に悪いと思い、弁当をレンジで温め蓋を開けたとたん、その臭いに強い吐き気がした。

「園子、そんなに辛いなら今日はもう帰って、ゆっくり身体を休めたほうが良いわよ。帰りに病院へも行ってごらん。」

咲子は心配そうに顔を覗き込んできた。

「病院？」

「そう、病院。とにかくマスクを付けていてもね。お客の手前もあるから。」

確かに客商売だから、このマスク姿では受けが良くない。園子はとりあえず帰ることにした。

（まさか）と思っているが、美容院を出て一人になると徐々に不安が募ってきた。ドラックストアーに立ち寄り、かぜ薬に胃薬、最後に妊娠検査キットをカゴに放り込み、レジを済ませた。

帰宅後、即トイレへ入った。検査キットに尿をかけ水平台の上に置く。尿が左から右へ浸透していく。線が二本現れれば妊娠成立。一本なら不成立。園子は、じっと息を凝らしてキットを見つめた。

（ドキッ）と鼓動が高鳴る。

間違いなく、しっかりと線が二本浮き出た。

（どうしよう。）

園子は両手をそっとお腹にあて、キットを見つめていた。

夜九時を回った頃、咲子から電話が入った。

「体調、どう？　明日、仕事に来れそう？」

「うん、たぶん。ねぇえ、咲子。」

「どうしたの？」

「うん、びっくりよ。私ね、あのね、妊娠してたのよ。」

「やっぱり、で、どうするの？」

「うーん、産もうかなぁ。」

「え、産むの？　じゃ、その男と結婚するのね。」

「いや、結婚には……踏み込めない。……それに……ゆり子や輝夫の思いもあるから。とりあえず認知してもらおうかと思っているの。」

「認知・だ・け？」

「将来、父親が誰か分からないというのでは困るから。まずは、認知してもらおうと思うの。」

「じゃ、認知してもらって、もしかして育てるのは、園子が田代家の子として育てるってことなの？」

「まぁ、そう、そうしようと思っているの。まだ先のことは考えていないけど。とにかく光男の一周忌法要は波風立てずに無事に終わりたいから、法要が終わってから向こうに話そうと思うの。」

「ちょっとハードルが高すぎない？　よせば。」

咲子の深い溜息が、園子の耳にこもった。

「咲子、私ね、人工的にメスで母体と切り離すなんて、そんな恐ろしいことしたくないの。私の両足の間から、赤ちゃんが血みどろの肉塊となって取り出されるなんて、考えただけで可哀想でできない。私、産むわ。」

園子は言いきった。受話器を置くと込み上げてくる吐き気を堪えた。そっと両手を下腹にあて瞼を閉じるとそこに生々しく浮かんできたのは、父親の哲也ではなく、驚くことに故夫の光男だった。

光男は、無表情でジーッと園子を見ている。

一周忌法要も無事に終わり田代家へ妊娠している事を告げた翌朝、義父から死後離婚を宣告された。その翌日に今度は、光子さんからメールが届いた。

（『息子が他界して日が浅いというのに妊娠しているとは、一体どういうことだ。先日の一周忌法要の時も外の男の赤子を身籠りながら、よくも何食わぬ顔で一緒に食事ができたものだ。今住んでいる家も光男の生命保険で支払った上、不足分や子ども達の学費やもろもろ取れるものは一切合切、田代家から取っておいて。なんと恐ろしい女だ。あまりにも酷すぎる。』と父も母も物凄い剣幕で腹を立てています。兄さんも自分の妻がこんなにも恐ろしい女だったと知って、あの世で怒りに震えていますよ。園子さん、今、自分がやっていることを分かっているの？　お腹の子、産むつもりですか。）

園子はメールを読むうちに、文字が涙で滲んで読めなくなってきた。一度瞬きすると、涙は堰を切ったように流れ出した。園子の頬を流れた涙は、携帯電話を握り締める指先を濡らした。その指で園子は、メールを打ち返した。

（何を言われようとも、お腹の子を産み育てます。この子の命は、私が守ります。母として。）

送信ボタンを押す。画面の表示が変わる。

メールを送信するか？

キャンセルするか？

園子は迷うことなく、送信するに指を押しつけた。


園子のことを死後離婚されたふしだらな嫁として、噂話は小さな田舎町に、またたく間に広がった。

お腹が目立ち始めると園子は大きめのカーディガンを羽織り、なおも哲也のアパートへ行った。ドアを閉め、世俗とは無縁なパラダイスのような部屋で若い恋人同士のように時の流れを楽しんだ。

「もう昼だね。二人でシチュー作ろうか。」

「ＯＫ。哲也も私もシチュー好きだから、お腹の子も、きっと好きだよね。」

スプーンを手に哲也は、園子の目の前に立ち真っ直ぐに瞳の奥を視た。

「園子、この大きいスプーンにしよう。シチューだけではなくて、園子とオレの幸せも揃えますように。」

　胸の前にスプーンをかざすと哲也は、静かに目を瞑り祈るようなポーズをした。

「園子も祈れよ。早く一緒に暮らしたいだろ。」

「え……。」

　光男だったらこんな押しつけを言わなかった。華やいだものが心の底へスーと落ちていく。目を瞑り祈るポーズをした園子は、光男の面影を追っていた。

「園子の作ったシチュー、美味しいなぁ。オレ毎日食べたいなぁ。」

「えっ、毎日？　シチューなの？」

「そうだよ。アハハハ。」

　顔を見合わせるだけで笑い声が弾けた。シチューの味も臭いもまだ口に残ったまま哲也は、丹念に園子の唇を吸った。哲也の手の平が、膨れ上がった園子のお腹を優しく撫でる。

「お腹、だいぶ大きくなってきたね。園子、オレ入籍して一緒に暮らしたいよ。」

哲也の手が園子の肩を包み込み引き寄せる。哲也の息遣いが園子の耳の奥でくぐもった。とろけるような思いの中、園子は哲也の厚い胸を両手で押し離した。

「嬉しいわ。でもね、ゆり子や輝夫の思いもあるから。ちょっとだけ待って。お願い。まずは認知、認知して……ね。」

子どもたちのせいにしているが、園子はどうしても光男を忘れ去ることができなかった。哲也に身体を委ねながらも、哲也の些細な決断にも、光男だったらもっとこうしただろう、と比較してしまう。哲也とセックスをしているのに、接している肉体の全てに光男との感触を思い起こし重なり、心の中は光男と一つになっている。それでも時が経てば、いずれ光男とのことは何処かへ押しやり、哲也に置き変わってしまうだろうと考えていたが、日が経つにつれ光男の息づかいやさり気ない身のこなし、それは園子の髪を撫でる指の動きまでも、ますます鮮明に色濃く脳裏に映写され消えなくなった。園子は日増しに大きくなるお腹を抱え、次第に苦しさを増していく流れを泳いでいた。

夏に向け、哲也の仕事は忙しくなり休日にも打ち合わせが入るようになった。そっけない文面のメールが届くこともあり、しだいに園子の心にはモヤーと霧がかかってきた。

（明日、妊婦健診の帰りにアパートへ寄ります。お腹の中の赤ちゃんの写真を持って行くからね。哲也、楽しみにして待っていてね。）

（わかった。）

園子が病院で受け取った胎児の写真を手にウキウキと部屋へ入ると、哲也はソファーに横になったまま携帯電話をいじっていた。園子がソファーの端に腰を下ろすと、ようやく気付いたように身体を起こした。

「哲也、これ見て。笑っているのよ。」

哲也は手に受け取った写真をしばらく虚ろな目で凝視していたが、無言でテーブルに置いた。

「オレ、ビール飲むけど、園子、何飲む？」

「えっ……。ん、じゃぁ、カルピスウォーターか野菜ジュースが良いわ。」

「どっちも切らしているなぁ。向かいのコンビニまで行って買ってくるよ。」

哲也が買い出しに行くと間もなく、哲也の携帯電話にメールの着信音が鳴った。

（誰からだろう。）

勝手にメールを開き見ることへの抵抗よりも見たいという思いが勝り、園子の手は哲也の携帯電話を摑んでいた。

メールを開いた瞬間、ハッとした。木絵ちゃんからのメールが五月三日を皮切りに、毎日入っている。どのメールも必ず最後に、パパに会いたい。と締めくくられている。園子は携帯電話を両手で握り締めると、哲也の送信欄を開いた。

（日付けは五月二日だ。哲也から最初に連絡をとりだしている。）

園子は深く息を吸った。何をメールしたのだろうと思った時、既に園子の指は哲也のメールを開いていた。

（木絵、誕生日おめでとう。パパです。突然メールをして驚かせたかな。ごめんね。元気にしていますか。毎日、パパは木絵のことを心配しています。ママに優しくしてね。それから友達と仲良くするんだよ。風邪ひかないように気を付けてね。)

園子は、子を思う親として極普通だ、と自分に言い聞かせるが、心臓はバクバクと早鐘のように鳴り許せない思いが湧き出て、許可なくメールを読む罪の意識など消えうせ、翌日のメールも開いていた。

(木絵、夏休みに入ったらパパとママと三人でバーベキューをしよう。)

読むなり胸の奥から感情が喉元に込み上がり、携帯電話を持つ手が小さく震えだした。その翌日のメールも見たくて指を押し当てようとした時、カチッとドアの開く音がした。

「カルピスウォーターと野菜ジュース、どっちも買ってきたよ。」

携帯電話を元の位置に戻し素知らぬ振りをする園子の目の前に、息を切らせ鼻の頭に汗をかいた哲也が、レジ袋を手に立っている。

園子は吹き出しそうな思いを言葉にすると全てが崩れてしまいそうで、冷たいカルピスウォーターを口に押し付けて一気に飲み干した。

「ね、今、動いた。ほら。」

哲也の手を取りお腹に乗せた。俯いたまま何も言わない哲也に、心のこもった長いキスをした。哲也の肉体の先端をまさぐった。お腹を気遣いながらも園子は、いつもより長い激しい交接を求めた。哲也の胸に顔をうずめた園子は、深いカタルシスに溶け入った哲也の呼吸が穏やかになるのを待って言った。

「ねぇ哲也、認知だけど、二人で届け出ようね。」

哲也は園子のお腹に手の平を乗せ、仰向けのままで天井を見ている。その目は遥か彼方に漂う雲か霞を見ているようだ。

「ねぇぇ、哲也、聞いているの？」

「うーん。」

返事というより、溜息のような声が一つ、園子の耳に微かに届いた。

園子がアパートを出るとランドセルを背負った女の子が駆けていった。空気は暑く日はまだ高い。

園子は少し遠回りをして、美味しいケーキ屋へ向かった。

（今日は光男の誕生日。生きていれば、四十五歳になる。ゆり子と輝夫の分と、仏壇にお供えするショートケーキを買って帰ろう。光男の好きだった少し甘めの玉子焼きも作って、三人で食べよう。）

光男の四十三歳の誕生日までは、四人揃って、ちょっとリッチな食事を楽しんでいた。それがどんなに素敵なことであったか、ショートケーキを手にして家路につく園子の心に、しんみりと広がっていた。

まだ家には、誰も帰宅していなかった。シーンとした空気の中、ベッドの端に腰を下ろすと微動だにしたくなくなった。俯く園子の顔に西日がレースのカーテンを通してあたっている。やがてその黄色っぽい光は夕暮れへと変わっていった。

哲也は、今も子どもと連絡をとっていることは確かだ。いや、子どもとだけではない。元妻とも連絡をとっているかもしれない。百歩譲って、哲也が我が子の木絵ちゃんを心配してメールをするのは許すとしても、

（夏休みに入ったら、パパとママと木絵ちゃんと三人でバーベキューをしよう。）

なぜママと。どういう事だろう。

園子の心にモヤーとかかった霧が氷霧となって、チクチクと突き刺してくるような。

いや、そんなはずはない。シチューを食べる時も、大きいスプーンで幸せも掬えますようにと祈ってくれた。園子のシチューは美味しい。毎日でもいいと言ってくれた。大きくなったね。と優しくお腹を撫でてくれた。

哲也は離婚したことを、清々した、と言っていた。スッキリ、サッパリだとまで言っていた。きっとあのメールは、木絵ちゃんを元気付ける為に打ったに違いない。そうに決まっている。

園子は自分に言い聞かせるが、身体の奥底からムクムクと憎悪が湧いてくる。元妻が離婚したことを後悔して、今になって子どもをダシに復縁をしようとしているとしたら。

私のお腹の赤ちゃんは、どうなるんだ。

冷たく凍りつくような喪失感が胸の中で揺れ、会ったことのない元妻を、この世から抹殺してしまいたいほど憎く思えてきた。

贖い

ゆり子や輝夫を身籠った時とは比べものにならないほど今度の妊娠は身体が辛く、園子は咲子に頼んで、早く産休に入った。

朝、子ども達が学校へ出かけ独りになると園子は、今まで以上に連絡の取れなくなった哲也のことをモンモンと考えていた。

先月の初めに、一層仕事が忙しくなった。とメールが届いたが、本当だろうか。今までこんなに連絡の取れないことは、一度もなかった。木絵ちゃんとのあのメールは、どうみても疑わしい。木絵ちゃんだけではない。ママと三人？

園子は顔を両手で覆い伏せた。深く息を吸い、ふーっと一気に吐き顔をもたげた時、いきなりメールが入った。

（園子、暑い日が続くけど、身体、大丈夫かい？　今回の仕事、トントン拍子で進んで休暇がもらえたから、今から園子の家へ行くよ。）

一抹の不安を抱え疑うことに疲れていた園子は、自分が情けなく思え熱い涙が頬を伝った。

（哲也、忙しいのにありがとう。新じゃが芋でシチューを作って、待っているわ。）

その日は何時も以上に哲也は園子のシチューを喜んで食べてくれた。仕事が上手くいっているせいだろうか、今までになくおどけて笑った。いつものようにセックスもした。

並んでソファーに腰掛けコーヒーを飲みながら、以前、二人で行った別府温泉巡りのビデオを見ていた。哲也の肩にもたれ掛かり楽しかった思い出に浸っていると、抱き寄せお腹を優しく撫でてくれた。

ビデオが終わり、哲也が巻き戻しボタンを押した。シューと高速でテープが巻き戻る。

「哲也、又どこかへ旅行したいね。今度は子どもも連れて。」

哲也はコーヒーカップに手を伸ばすと、カップの底に残っていた冷めたコーヒーを一気に飲み干した。

「来月、東京へ転勤することになった。」

「えっ、転勤？　東京の本社？　……栄転なのね。」

やっぱり忙しいと言っていたのは本当だったんだ。園子は哲也の顔を覗き込んだ。

「哲也おめでとう。あんなに忙しかったんだもんね。」

「あ、あぁ、まぁ、いろいろ……。」

哲也は言葉を濁らせ困惑したように口唇を少し歪めると、園子の視線を逃れるようにビデオテープに手を伸ばした。

「本当におめでとう。認知の届出は、帰郷した時に二人で行こうね。」

園子は、哲也の首に腕を回し抱きついた。

哲也はビデオデッキから取り出したテープをケースに仕舞い込むと、テーブルの上にある車のキーを手に取り、ゆっくり立ち上がった。哲也の首に回していた園子の腕はゆるやかに哲也から外れ滑り落ちた。

「向こうへ行く準備があるから。もう帰るよ。」

「えっ、ちょっと、待って。」

哲也は一瞬立ち止まったが振り返ることなく靴を履くと、玄関のドアノブに手を掛けた。その背中に向かって言った。

「ねぇ、じゃ、私も手伝うわ。」

哲也のドアに掛けた手が止まる。振り返り肩ごしに園子を見た。

「心配しなくても一人で大丈夫だよ。身体、大事だよ。」

いつものように優しく微笑むと、ドアノブに掛けた手が動いた。

「じゃ。」

バタリとドアが閉まった。

園子は外界と遮断された暗闇に、独り置き去りにされた気がした。

あれから哲也に会えない日が続いている。

(今日、検診に行ったら先生に言われたの。赤ちゃん、パッチリ目の女の子だって。哲也、会いたい。)

(引っ越しの準備で、なかなか会えなくて。ごめんな。身体を大切に無理しないように。)

このメールを最後に、連絡が全て途絶えた。来月まであと二十日。仕事の引き継ぎや引っ越しの準備で忙しいだろうけど、全く連絡がとれないのは、どうしてだろう。

布団を額まで掛けて寝ようとしても、哲也を疑う気持ちと信じようとする気持ちが頭の中で堂々巡りをしてガンガンと目が冴え、朝方まで眠れない日が続いた。


その日も不安が渦巻き何も手につかず、夕方まで悶々としていた。

突然、メールの着信音が鳴った。

(哲也だ。)

園子は嬉しくてメールを開いた。その瞬間、顔がひきつった。

(こんばんわ。光子です。

哲也さんが今週の土曜日に退社して、翌日の日曜日にはもう東京へ行くことを、園子さん、当然ご存知ですよね。今日、私はオーエヌ社で哲也さんの同僚からその話を聞いて初めて知りました。そうそう、元妻とよりを戻して、既に籍を入れてしまったそうよ。そもそも離婚の原因は、ピカ一仕事のできる哲也さんとワンマン社長として有名な義父との関係が、ギスギスした事だったとか。その義父が膵臓癌で余命六ヵ月と告知を受けたと言うから、これも運命よね。木絵父が哲也さんに帰って来て社長の引き継ぎをして欲しいと言っています。木絵は、パパとママと三人で暮らしたがっています、と元妻に涙ながらに言われたとか。哲也さんも友達と酒を飲む度に木絵ちゃんの自慢話をしては、忘れられない。一緒に暮らしたい。と話していたと言うから、子どもを間に確り繋がっていたのよ。哲也さんと元妻は、バッチ・グーよね。それにしても今週の日曜日に引っ越しだなんて、頭が良くて仕事のできる人は、変わり身も速いのね。驚いてしまいました。長いメールになってしまって。身重でお疲れかと思います。失礼しました。お身体を大切になさって下さいませ。）

園子は、メールをもう一度読み返した。

光子さんは、何を言っているのだろう。元妻とよりを戻し、入籍した。どういうことだろう。この文面が本当かどうか証拠がない。ひょっとしたら光子さんの嫌がらせかもしれない。いや、田代家の誰かの指示によるものかもしれない。

　頭の中をスカスカと風が吹き抜けて、今、何がおきているのか分からなくなってきた。

　その夜も、疲れた身重の身体を横にしても、ほとんど眠れなかった。夜中に何度も目が覚めた。

　社長の席と元妻と子どもが待っている。今、私のお腹にいる子の認知は、どうなるのだろう。いや、本社への栄転にきまっている。光子さんは義父母と一緒になって、私に意地悪をしているに違いない。

　短い周期で疑いと救いようのない切なさが、繰り返し襲ってくる。

　園子は哲也の進退を確認しないではいられなくなった。

　我が家の新築の打ち合わせに来ていたCN社の資材部の亀田さんなら、哲也の会社と取り引きがある。哲也の近況を知るには、亀田さんに聞くしか方法が思い浮かばない。

　あの時たしか名刺を貰って、家の図面や保証書と一緒にまとめて片づけたはずだ。

引き出しを開け、クリアケースを引っぱり出した。やっぱり入っていた。園子は名刺を手に直ぐに番号を押した。

「はい、亀田です。」

「もしもし、田代園子です。我が家の新築の時は、大変お世話になりました。」

「ああ、田代さん。こちらこそ有り難うございました。その後、何か？　どこか不具合でも？」

「あ、いえ、あの……ちょっとお尋ねしたいことがあって。」

「はい、まだ保証期間内ですよ。何なりとおっしゃって下さい。」

「いえ……亀田さん、オーエヌ社の資材部の石井哲也さん、ご存知ですか？」

「はいはい、顔を知っているぐらいですけどね。実は私、千葉県へ転勤になって。ただ先週はオーエヌ社と連絡会があって、そこで石井さんの事でおもしろい話を聞きました。」

亀田は落ちつきはらったような話し方だが、何とも楽しくてたまらないといったニュアンスも含まれていた。

「えっ。」

園子は息詰まった。

「離婚して地元に帰ってオーエヌ社に入社したが、元妻の下に置いてきた一人娘とは連絡をとっていた。月日が経つにつれ、元妻の家の状況が変わったとかで又、元の鞘に収まったそうですよ。」

「元の鞘に……収まった。」

「園子さん、知ってる方ですか。」

「あ、いえ。」

園子は、身体から血が引いてふらりとした。

「私の親戚にも一旦離婚して十年もたってから又、一緒に平気で、いや楽しそうに暮らしている夫婦がいますよ。なんであの時あんなにケンカしていたんだろうね。なんて言ってますよ。もしかしたら、十年の間にお互いが成長したということでしょうかね。」

園子は言葉を失っていた。

「まぁ、今は、なんでも有りの時代ですから。」

亀田は、太い声でカラカラと笑った。

「あ、そうそう、田代さん、お子様も大きくなられたことでしょ。」

話題が自分の方へ向いてきた。

「えぇ、まぁ、じゃ、又。」

園子の指は、反射的に携帯電話を切っていた。

やはり光子さんのメールは本当のようだ。いや、そんなはずはない。哲也は一緒に暮らしたいと言ってくれた。園子のシチューは美味しい。オレ毎日でも食べたいとも言ってくれた。身体を大切にしろよ、と優しくかばってくれた。哲也が嘘をつくはずがない。しかし、光子さんは哲也の同僚から聞き、千葉県に勤務している亀田さんはオーエヌ社の連絡会に行き聞いたという。二人は、それぞれ別の人から哲也の話を聞いている。やはり、あの話は本当かもしれない。園子は大きなスパイラルに飲み込まれ、しだいに闇の奥深くへのめりこんでいった。

(この子の認知は、どうなる。)

腹を抱えうつ伏した園子は、一縷の望みに縋った。

(自分で確かめたわけではない。)

携帯電話を握り締め哲也の短縮ボタンを押した。コール音が一回鳴ると、すぐに機械音に変わった。

「ただ今、電話に出ることができません。」

ツーと夜の闇を切り裂くような音が鳴り続いた。当然だ。時計は午前三時を回ったとこだ。着信記録が残るはずだから、きっと目覚めたら真っ先にかけてくる。そして言うだろう。

「ごめんなぁ。月末の引っ越しまで仕事の引き継ぎやらアパートの部屋の片付けやら忙しくて。来週の月曜日にはもう少し落ちついているだろうから、園子に会いに行けそうだよ。もうしばらくの間、身体を大切に無理しないで待っていてくれ。」

朝九時になっても着信音が鳴らない。朝の苦手な哲也のことだから、きっとギリギリまで寝ていて会社へ急いでいったに違いない。気が付けば電話をかけてくるはず。きっとかけてくる。もう少し待ってみよう。

不安と怒りが入り混ざって携帯電話を握り締めている手が、小刻みに震えている。

もう、かかってくることはないだろうと諦めながらも、もし、かかってきたら最初に何て話そうか考えた。

「本社栄転おめでとう。お腹の子も順調に大きくなっているから、出産は予定日頃だと思うわ。」

「楽しみだなぁ。」

「哲也が帰郷した時に、一緒に認知に行こうね。」

「O・K。ごめんな、忙しくて。」

いつの間にか園子の頭の中で筋書きができ上がっていた。

気付くと窓の外は、日が傾き始めている。園子はベッドに腰を掛け、携帯電話を握り続けた。信じたくはないが光子さんのメールが本当だとしたら、私は騙されている。弄ばれ見捨てられる。いや、栄転にきまっている。園子は不安と怒りに震える指を、哲也の短縮番号1に押しつけた。カチッと乾いた音がしてつながったと思ったら、ツーと単調な音が園子の鼓膜を突き抜けた。園子は携帯電話を手に、そのまま外へ飛び出した。

「ママ、ママー、どこへ行くの。どうしたの？　ママー」

子どもの呼ぶ声を背に受けながら、それを振り切り走った。

哲也のアパートの前に立っていた。部屋には灯りがついている。園子はメールを打った。

（今、アパートの前にいるの。）

カーテンを少し開け、こちらを覗き見る哲也の姿が浮き出て見えた。

（部屋に、哲也がいる。）

園子の身体から血が引いていく。光子さんの言っていることが、本当だ。私は哲也に騙されている。いや、まだ分からない。ひょっとしたら何か事情があって、電話に出られなかっただけかもしれない。きっとそうだ。大丈夫。と自分に言い聞かせながら哲也の部屋の前に来た。もう何度も来たことがあるはずだが、全身が強張りバッグから鍵を取り出せない。ようやく取り出した鍵をドアに差し込もうとするが、指が震え上手く挿さらない。

「ガチッ。」

施錠が解かれる。ドアを押し開けると、寝室の明かりを背にパジャマ姿の哲也が立っていた。かってのあの二人だけの思いが詰まった楽園のような部屋は、すっかり片付けが終わっている。

引っ越しセンターの名前の印刷された大きなダンボール箱が三個、部屋の中央に置かれていた。園子は、哲也の真ん前に大きなお腹を突き出して仁王立ちになり睨みすえながら怒鳴った。

「転勤じゃないのね。元妻とよりを戻したのね。」

「知っているのか……園子に言えなくて。」

「光子さんがメールしてきたわ。」

哲也は、園子の視線を避けるようにおどおどと俯いた。

「だましたのね。」

園子は、足元に項垂れ小さくなった哲也に罵声を浴びせ掛けた。その声は、込み上がってくる感情を抑えきれず震えていた。

「違う。認知しようと思っていた。入籍して一緒に暮らしたいとも思った。本当だ。ただ、ここにきて事情が変わった。」

哲也は弱々しく顔を上げた。

「どう事情が変わったというのよ。私は何も変わっていないわよ。」

園子の目から怒りとも悲しみともつかない涙が溢れ出る。

「すまん。向こうに子どもがいる。」

「私のお腹にも子どもがいる。」

園子は、お腹を突き出して声を荒だてた。

「園子と一緒に居ても、別れた木絵の笑顔が頭から離れない。パパと呼ぶ声が耳の奥でこだまする。園子のお腹の子が産まれ、一緒に暮らし温かい家庭を築くことができればこの辛い思いを掻き消すことができると思った。オレは入籍して欲しかった。園子は入籍を喜んでするると思っていたのに……やるせない思いに沈んでいた時、木絵に誕生日おめでとう、と言いたくてメールを送った。その日から木絵は、パパに会いたい。と毎日メールを打ってきた。そんな時、離婚してから一度も連絡をとっていなかった妻から電話があった。お父さんが末期癌で余命六ヵ月と告知されたこと。お父さんは過去のイザコザを悔いて謝っている。会社を任せたい。戻ってきて欲しい。と言っている。木絵の為にも帰ってきて欲しい、と涙ながらに言われた。」

哲也はそこまで話すと両膝を抱え込み、そこに額を押し込んだ。丸く小さくなった背中は小刻みに震え、ウーゥゥと押しつぶすようなうめき声が漏れた。園子は目の前に項垂れているこの男が、かって口唇を重ね抱き寄せると大きくなったお腹を優しく撫で、一緒に暮らそう、と囁いたあの哲也とは到底思えなかった。

袖で涙を拭い取ると、哲也は園子の足元から膨れ突き出たお腹、そして涙でぐしょぐしょに濡れた顔へと視線を上げた。

「園子。」

息苦しそうに呟くと、哲也は上目遣いに園子の涙につかった瞳を見た。園子の瞳も真っ直ぐに哲也の二つの眼球を凝視した。二人は、長い時間冷たい視線を絡ませ見つめ合った。哲也の目から涙が後から後から溢れ出て、ポタポタと流れ落ち床を濡らしていく。

園子は、哲也と身体を交えても光男を忘れ去ることができなくて、日に日に大きくなるお腹を抱え悩み苦しんでいたと同じように、哲也もまた、別れた子ども木絵と私のお腹に宿している哲也の子との狭間で、迷いながら苦しい日々を泳いでいたのだと知った。

私を、決して騙そうとしたわけではない。園子は、この事態をようやく冷静に分析できた。引っ越しの準備を終え、ガラーンとした部屋の中を見回し、哲也と自分は既に別々の道を歩み始めていることに気付いた。

「園子、認知……しようか。」

肩をすぼめた哲也の口から弱々しい声が漏れた。

「いや、認知しなくてもいい。して欲しくない。」

それだけ言うと園子は、哲也めがけて鍵を投げ返した。バタリと閉めたドアを背にして立ち、確信した。

（もう二度と、ここへ足を踏み入れることはない。）

車道はライトを点けた車がスピードを上げ行き交い、仕事を終え家路を急ぐビジネスマンが園子の目の前を足早に通り過ぎて行く。目の前の流れに混じり園子も、まるで亡霊のように歩いた。通りすがりの人とすれ違いざまに肩がぶつかり、よろけお腹を抱え蹲る園子の横を、何本もの足が通り過ぎて行く。

（もう、だめだ。もう止めよう。）

園子の目から涙がポタポタと落ち、アスファルトの色を変えていく。

（どうして、こんな事をしたんだろう。もう終わりにしよう。以前のように、ゆり子と輝夫と三人で暮らしたい。）

気付くと園子は、産婦人科病院の玄関に立っていた。廊下の奥から赤ちゃんを抱いた女が近付いてくる。寄り添っている男は、嬉しそうに赤ちゃんの顔を覗いている。

「退院、おめでとうございます。お気を付けてお帰りください。」

見送りに出た看護師の声が玄関ホールに響いた。茫然と立ちつくす園子の背後から看護師が声を掛けてきた。

「どうなさったのですか?」

園子はハッとして、その場から走り去った。お腹を抱きかかえ、ハァハァと息を切らして走った。いつの間にか小さな公園の入口にいた。そこは子ども達が小さかった頃、光男と一緒に休日を過ごした公園だった。泣きながらフラフラと歩き、ブランコの横にあるベンチに腰を下ろした。そこで涙がこんなにもあるものかと思うほど泣いた。誰かと話がしたかった。事情を知っている咲子なら、今の思いを分かってくれるかもしれない。

「もし……もし咲子。」

「どうしたの？　何かあったの？」

咲子は園子の声を聞くなり、何かを感じたのか心配そうに尋ねてきた。

「うん、実はね、認知してもらわないことにしたの。」

「えっ、してもらわない？　どういうこと。」

それから先を話そうとしても胸が張り裂けそうになり、何からどう話をすればよいか分からなくなった。口を開くと嗚咽に変わり、しゃくり上げながら泣き続けた。

「ごめん咲子。」

ようやくそれだけ言うと、

「いいよ。泣けばすっきりするよ。打ち明けられそうな事があれば話して。何でも聞くよ。」

しばらくして園子は肩で大きく息を一つ吐くと、ポツリポツリと言葉を確かめるように話しだした。

「哲也、元妻とよりを戻したんだって。……いろいろあったけど哲也は哲也で過去と現在を行きつ戻りつ、今日までの日を悩み苦しみながら泳いでいた。そんな時、元妻からの一本の電話が引き金となって今の結果がでたのだと知ったの。決して私を騙そうとしたわけではない、と気付いた。もし騙していたとしたら……私の方かもしれない。光男を忘れられず、哲也と一緒に家庭を築く気もないのに関係を続け、認知だけをさせようとした、私よ。」

「そ……の子。」

しばらく沈黙が続いた。園子は身体の中で何かが音をたて崩れていくような気がした。

「きっと私のことを人は、だらしない女がワナに落ちた、と笑うよね。」

「ねぇ、園子。父親が分からない上、田代を名乗るなと言われている。これ、もの凄く厳しいよ。産むの考えなおしてみたら。」

「いや、産みたい。手か足か分からないけどポンとお腹を蹴ってくると不憫で愛おしくて……産んでこの手で抱きしめ、お乳を吸わせてあげたい。」

「そ……の……子。」

受話器の向こうで咲子が、胸を詰まらせ泣いている。園子の頬にも涙が流れた。園子はまるで咲子の腕の中で涙しているような気がした。

「咲子、ごめん。もう大丈夫。」

「園子、いつでもまた電話して。相談にのるよ。」

園子は咲子に話したことにより肩からゆるやかに力が抜け、しばらく公園のベンチに腰を掛けていた。目の前のジャングルジムの一番上まで登った光男に、ゆり子と輝夫が「パパすごい、すごい」と飛び上がって喜んでいた。お昼には木影に入り、おにぎりを頬張った。あの時と同じ木々がザワザワと鳴っている。どこからか光男の笑い声が聞こえてきた。

「み・つお。」

思わず呟き我に返った。そんなはずはない。顔を両手で覆い、こぼれそうになる涙を堪えた。気持ちを抑え堪えると、余計に切なく胸が締め付けられ啜り泣いた。

（みつお、キスして欲しい。お願い、ここに来て抱き締めてぇぇ。みつお、みつおぉぉ。）

感情が熱く膨らみ絞り出すような泣き声は、ざわめく木々より大きく切なく流れた。

「みつお、みつお、会いたい。会いたいよぉ。」

どこをどう歩いただろう。気が付くと寺の境内にある田代家の墓石の前にいた。

「みつお、私、取り返しのつかない事をしてしまった。みつおぉ、ごめんなさい。許して。中絶なんてできない。分かってぇぇ。ごめんなさい。みつおぉ、何か言って、ねぇぇ、みつおぉぉ。」

園子は冷たい墓石に縋り付き泣きじゃくった。途切れることなく溢れ出た涙は、墓石を洗うように濡らした。しだいに嗚咽は大きくなり、月が優しく光を放つ境内に響き渡った。

「田代さんじゃないかね。」

顔を上げると、月の光を受け柔らかい曲線を描いた住職の姿があった。思わず園子は住職の首元に憚ることなく纏わり付き、子どものように泣きじゃくった。心にかかるベールを全て脱ぎ捨て泣き崩れる園子を、住職の柔らかな衣がふんわりと包み込んだ。

ゆるやかに雲が流れ、次第に辺りは薄月夜となっていた。それでもなお啜り泣き続ける園子の声は、境内の空気を震わせ続けた。

「田代家を裏切り身籠った私は、『死後離婚だ。お腹の子には田代を名乗らせるな。』と舅に宣告された。その翌日に、『お腹の子を産むつもりか。あの世で兄は、自分の妻の恐ろしさに怒り震えています。』と光子さんがメールを打ってきた。愚かな私は、それでもなおヌルヌルとしたぬかるみに浸かり続け、男が私から去っていくと、ようやく目がさめた。中絶をしようとした。でも、できなかった。私には、このお腹の子を殺せない。産みたい。光男さんに、光男さんに、許して欲しい。」

園子は涙で咽びながら、ようやくそれだけを言葉にすることができた。

「産みなさい。そのお腹の子を産みなさい。私の知っている光男さんは、人工的にお腹の子の命を奪う、そんな恐ろしいことを望まない。授かった命を産み、大切に育て上げることで、あなたの自責の念を贖うのです。あなたが田代光男さんの妻であることは、今までも、これからも変わらない。あなたは田代園子なのです。田代園子の子として、大切に育てなさい。光男さんは、あなたが一生懸命、力強く生きていくことを願っています。園子さん。光男さんは、あなたを確りと見守っていますよ。」

住職の一言一言が園子の胸に脈打って浸透してきた。園子は涙でぐしょぐしょに濡れた顔を上げ、住職の瞳を見た。住職の瞳もまた、園子の両目を確りととらえた。園子は住職の瞳の中の自分に、大きく頷いた。

境内を出ると、どこからか夏草の匂いが漂い道端から小さな虫達のコーラスが聞こえてくる。携帯電話の着信音が鳴った。

「ママ。」

「ゆりちゃん。」

「ママどうしたの？　どこにいるの？　ママと輝夫と三人で食べようと思って、玉子焼き作ったんだよ。甘くて大きいの。」

「ゆりちゃん、ありがとう。今、もう少しで家に着くからね。待っててね。」

いつの間にか雲は流れ去り、澄み渡る夜空に星が瞬きだしている。

園子は空を見上げ思いっきり息を吸った。

「きれーい。見せてあげたい。」

園子は手の平をそっとお腹にあて話しかけた。

「でておいで。でてきたらピカピカ光るお星様が見えるよ。ゆり子お姉ちゃんと輝夫お兄ちゃんとママと一緒に公園で遊ぼうね。甘い玉子焼きをお弁当に持って行こうね。」

園子は足を止め、境内の光男の墓の方へ振り向くと、目を瞑り頭を下げた。

「光男さん、ごめんなさい。私、中絶なんてできない。何を言われてもお腹の子を産み、この手で抱きしめお乳を吸わせてあげたいの。」

園子は静かに頭をもたげ、星空を見上げた。

「私、ゆり子と輝夫とお腹の子と四人で、一生懸命生きていくわ。光男さん、見守っていてね。」

前を向き家路につく園子の頬の涙は、もうすっかり乾いていた。

著者プロフィール

北川 千鶴子（きたがわ ちづこ）

昭和29年生まれ。
石川県在住。
4人を育てた母。

死後離婚それから

2025年4月15日　初版第1刷発行

著　者　北川 千鶴子
発行者　瓜谷 綱延
発行所　株式会社文芸社
〒160-0022　東京都新宿区新宿1－10－1
電話　03-5369-3060（代表）
03-5369-2299（販売）

印　刷　株式会社文芸社
製本所　株式会社MOTOMURA

ISBN978-4-286-26206-2